ジャスミンを銃口に

重信房子歌集

「ジャスミンを銃口に」

重信房子歌集

「ジャスミンを銃口に」重信房子歌集　目次

炎

宙

海

土

風

装幀　幅　雅臣
装画　重信房子
解説　大谷恭子

炎

ジャスミンを銃口に

咲きのぼるブーゲンビリアの緋の塀を曲がればいつも君に出会った

石畳どんどん行けばビブロスの地中海望む君の居た丘

ジャンプして高々と挙げた指先で捥《も》いだオレンジ私に投げた

この街で暮らしていくと決めた朝きみと別れてジャカランタ仰ぐ

夕暮れのローマ遺跡の石段で二人で歌った「北帰行」の歌

秋晴れのぶどう畑とアーモンド　アラブの日々を恋うる夜更けよ

冬の夜を会いたい人の靴音はきっと今でも聞きわけられる

爪先を波に浸してゆっくりと叶わぬ夢を語りし日あり

声たてず肩ふるわせて笑ってた君のテーマは何だったろう

からからの喉から愛を語るなどよくやったねと今なら思う

本当の想いを告げたらいつのまにか夏雲のように去りゆきし君

菜の花はベカーの原にゆったりと寝そべる君を包み咲きおり

くれなずむ浜辺に立てば風にのりジャスミン匂うベイルートが好き

愛があり心臓の音ドクドクと聞き合いながら星を数えた

過ぎた日をさかのぼりゆけば君が居てわだかまる胸抱いてくれぬか

銃口にジャスミンの花無雑作に挿して岩場を歩きゆく君

北斗星まっすぐに指して語りたる君の視線はランボーになりぬ

岩場に咲くコクリコ

パレスチナ連帯の記憶たどりゆけばジェラシの戦場ジェラシの戦友

ジェラシより一筋にのびる道の先　占領されしパレスチナあり

戦場のハンモックに寝てみあげれば満天の星手に触れるごとし

灌木に君寄りかかり少しずつ祖国追われし日を語りたり

ぬばたまの闇かきよせる掌の中で火を隠し喫う戦場のタバコ

上弦の月に照門照星を合わせて静かに指令をまちぬ

軍服で地面を蹴って民族の踊りにあふれるこれも戦場

皿一杯ぬれたきゅうりにトマトありハッピーバースデイと風さえ祝う

戦場に出会いし君は汗もなく山の斜面をするするのぼる

再会はサンセットの海辺ベイルート静かにレタスをちぎっていたね

撃ち尽くし挟撃されて戦士らがジェラシの土地を血に染めし夏

コクリコの岩場に咲きし朱の色は君の怒りの届きし証《あかし》

紅蓮たちのぼる

夏日記ほどけば紅蓮たちのぼるベイルート八二年夏

身をかがめ海岸沿いを直線に走る背を追う銃弾の嵐

闇の空を放物線に切り裂いて曳光弾降るベイルートの夏

つつましく家にひかえるおみならが戦士となりてカラシニコフ撃つ

数百年地に立つ太いオリーブの焼かれた枝に青き実光る

投降の呼びかけのビラ降る街で老婆がひとりひなたぼっこする

友の死を「見捨てたわけではないのだから」号泣する君の肩をゆさぶる

一本のロウソクのもと肩を組みインター歌いて戦線に就く

爆音と共にまかれし投降のすすめのビラに絵をかく子らよ

「もし僕が死んだらこれを母親に」手紙と財産六十ドルなり

友のため樹林葬の樹オリーブの苗を捜して戦場駆ける

すでにもう街には棺はなくなりて布一枚で地に還る友

戦場に蒔いたコスモス夢にゆれ蕾のままに離れた街よ

一九七一年三月一日、重信房子は単身、アラブの小国レバノンのベイルート空港に降り立った。一足先に日本を発った奥平剛士とともに、パレスチナ解放闘争に連帯し、パレスチナの地に、世界と日本を変革する礎を築こうとした。それは支配と抑圧のない社会を作るための遠大な夢と希望であった。重信、当時二十五歳。

地中海に面するベイルートは中世からの交易の都市で、フランス統治の名残の「中東のパリ」と呼ばれる美しい町である。地中海に沈む夕日は赤く、初夏には、ジャカランタの大木が空一面を紫に染める。町から車で一時間ほど行くと、突然黒土の緑の草原、ベカー高原が広がる。ローマ時代から、人々はこの緑豊かな恵みの地に生き、バールベックをはじめとし、多くの遺跡が存在する。ベイルートはまた、めまぐるしく変わる中東政治の表舞台であり、民族や国境を超えて、多くの革命や解放を求める人々が集まる都市でもあった。重信は、この四半世紀、幾たびの戦渦をくぐりながら、この地に生き、人々を愛し、闘った。

七一年七月、重信は、レバノンのヨルダンとの国境に接するジェラシマウンテンに、パレスチナの兵士らと共に在った。ここは対イスラエルの最前線基地。日本からパレスチナのドキュメント映画を撮影に来た監督らを案内するためだった。故郷パレスチナへの帰還を信じ、民族の誇りをかけ、かつ陽気に闘う兵士たち。彼女はここで、兵士たちと寝食を共にし、パレスチナの人々の祖国への熱き思いを共有し、かけがえのない出会いを得た。七月末、ジェラシマウンテンは猛攻を受けて陥落。兵士らは最前線を死守して闘い、敗れ、虐殺された。重信たちは一斉攻撃を察知した指揮官の機転で、その前夜に強制下山させられ、九死に一生を得る。生き死にが隣り合わせの戦場で、重信は、生き残った者の生の重さを知る。

七三年十月第四次中東戦争、七五年から十五年続いたレバノン内戦により、ベイルートは二分され、市街戦の町となる。

八二年六月、イスラエルは遂にベイルートに侵攻。重信たちは、パレスチナ、ベイルート市民らと共に、武器を持って闘い、彼女はまた多くの仲間を失った。この時の戦闘で人口四百万人に満たないレバノンの市民二万人が亡くなり、三万人以上が負傷し、レバノン南部からベイルートまで、家を破壊され、生活を奪われた人は六〇万人とも八〇万人とも言われる。特に、サブラ・シャティーラのパレスチナ難民キャンプでは、市民たち数千人が虐殺された。ベイルートはイスラエル軍に包囲され、空港も制圧されて、重信たちはパレスチナの闘う市民たちと共に、またいつか必ず帰ってくることを誓いながら、海路、ベイルートを脱出。

八四年二月、ベイルートはレバノン市民の手によって解放されたが、しかし、その後も中東に戦火はやまず、今でも、イスラエルのパレスチナ占領は終わらない。

宙

草原に蝶を追う

パレスチナわがまほろばの崩れゆく空のみ高しジェニンの町よ

夢の中われ戦場を駆けめぐり冬のオリオンながめしイラク

バビロンの自然に朽ちた足もとの石に彫られし紀元前の声

差し出した最後の握手君の手の冷たい温もり愛だと思う

君が骸《むくろ》この両腕にいだくまで時空を走るわが銀河鉄道

逆光に頬づえしつつ眉あげし君の決意の固さを知りぬ

うつむいた決意のうしろに冬の月白い吐息と共に溶けたり

退路断つ決意を告げた君の背に言葉なくしたわれに罪あり

草原に身をひるがえし蝶を追う決死の闘いひかえし君は

体液がどっと一気に流れ出す君の死知った五月の夜よ

一行も書かない自伝を胸に秘め壮大な絵を君は描いた

悲しみを拒否するために書き記す出すことのない君への手紙

男が泣くおいおいと泣く哀しみは君のつよさの思い出となる

曝書《ばくしょ》にてみつけし君の走り書きランボーの詩集遺して逝きし

自己犠牲たたえながらもわだかまるこの寂寥は愛の総括

歌を詠み君を辿ればあの日のまま髪なびかせて君は立ってる

「地獄でまた革命やろう」と先に逝き彼岸で待ってる君は二十六歳

秋彼岸非日常のマント着て地獄の君に会いにいこうか

うたいたいうたいたいもっと君のこともうこのへんでいいかもしれない

何度でも思い出の君に会いにいく時代をうたい希望をいだき

バラがまた咲く

「バラが好き」爆殺されたガッサンの散らばりし地にまたバラが咲く

細すぎる昼間の今日の月を見て誤射にて逝きし友を思わん

コクリコの咲く岩場からオリードを呼んでは泣きし若き仲間ら

Gジャンに口笛吹いてあらわれた軽やかな君今日が命日

子にせがまれ公園でみせる大車輪君は我らのスターだったね

殺されし朝君の吹く口笛は〃にくしみのるつぼあかくもゆる〃

拷問に果てし骸《むくろ》を抱けもせず君のパジャマを弔いし夜

帰国のこと君に語りし最後の日われも祖国に暮らすと言いぬ

死ぬなよと説く人もまた殺されぬ朝顔の青道端に咲く

無窮へと吸い込まれゆく砂漠の夜　君殺されし朝のわが夢に

倒れし子の身引きずりし跡残る床に怒りのバラ赤く咲く

砂漠に眠る

「土地の日」に花炎となりて君逝きし砂漠に眠る友の傍ら

明け残る獄庭のすみにスノードロップ君を弔いうつむきて咲く

夏の午後届けられしりんどうは自裁の君の差し入れし花

偶然を必然とする神ありて君パレスチナの大地に眠る

パルミラの頂上《いただき》から見る地の果てのアゴラに友を幻視する夜

フェニキアの風吹く広場見渡せば降る光線は獅《し》子《し》吼《く》のごとし

砂利道を登れば風吹く神殿に数々の神たわむれており

戦乱の廃墟に立てば風ばかり夕暮くぐるジャスミンの匂い

闘いの中で重信は、多くの愛する者を喪った。共に闘い、共に生きた者たちの死が彼女の脳裏から消えることはない。

一九七二年五月三十日、日本の青年三人がイスラエルのリッダ空港を襲撃。戦闘によって、空港内の警備兵や乗客たち二十四名が死亡、奥平剛士、安田安之も死亡した。奥平剛士享年二十六歳、安田安之享年二十四歳。この戦闘は、パレスチナ解放人民戦線（ＰＦＬＰ）の作戦であり、イスラエルに占領された領土に外から攻撃をしかけ完遂した戦闘として、パレスチナの人々はもとより、アラブ諸国によって熱烈に支持され、彼らは一躍アラブの英雄になった。しかし、乗客たちを巻き込んでの戦闘に国際世論は厳しく、しかも日本の青年が起こしたものであったことに日本政府は大きな衝撃を受け、以降、これに少しでも関わる運動、個人を徹底的に弾圧した。イスラエル当局に捕えられた岡本公三は終身刑（禁固）となったが、八五年、国際赤十字が仲介し、ジュネーブ条約の戦時捕虜交換によって、ベイルートに帰還。二〇〇〇年三月、レバノン政府は彼に建国以来初の政治亡命を認めた。

リッダ闘争に先立つ七二年一月二十四日、山田修が、ベイルートの海で訓練中に死亡した。山田は、奥平らとリッダの作戦を進めている矢先だった。享年二十六歳。

同年七月八日、ＰＦＬＰの機関誌「アルハダフ」の編集長であり、著名な作家であったガッサン・カナファーニが、車に仕掛けられた爆弾で命を落とす。ガッサンは、リッダ闘争に関与していなかったが、手段を選ばぬイスラエルの報復によって爆殺された。これによって、アラブ文学はかけがえのない損失をこうむった。享年三十六歳。

七六年九月二十七日、日高敏彦は、ヨルダン当局に捕えられ、拷問の果てに殺された。彼は、ヨーロッパ留学中にパレスチナの闘いに出会い、七四年二月、ベイルートで結成された日本赤軍に合流した。何らかの作戦の準備の過程だったのか、口笛以外、彼の口から漏れることはなかったのだろう。享年三十一歳。

○二年三月三十日、パレスチナでは「土地の日」として、占領と土地没収に抗議し、毎年奪われた祖国への思いを新たにするその日に、檜森孝雄は、日比谷公園で我が身を焼き自死した。奥平、安田、山田、檜森らは、京都大学、立命館大学の学生らを中心にした戦闘団組織―京都パルチザンの仲間だった。仲間の死後、彼はリッダに関わる者として日本政府に追われ、地下に潜り、身を律しながら、若き日の友との約束を守り抜こうとした。享年五十四歳。

○一年八月二十九日、PFLP議長アブアリ・ムスタファが、パレスチナ自治区ラマラにおいて、イスラエルのミサイル攻撃によって爆殺された。前年から始まったインティファーダ(パレスチナの民衆蜂起)に対する報復である。重信は、ジェラシマウンテンの指揮官であったアブアリと三十年来の同志であった。戦時・平時を問わず、重信を支え、守り抜いてきた人も、また殺された。享年六十三歳。

海

飲み干した夏

公判で問われし過去を切りとりてかきまぜながら飲み干した夏

尋問に答えるたびに晒《さら》されて浄化していくわが年代記

くりかえし悔やむ心はあるけれど立ちつくしても告げたき言葉

尋問に答えつつわが日本語の文法まちがい気になっており

法廷に燃える秋あり友も来ぬインティファーダのパレスチナより

傍聴のライラ手をあげ瞳をかわしサムアップ返す若きわれらは

証言の一語一語に込められし友の叫びよパレスチナあり

ああライラ　パレスチナへと伝えてね私はいつも共にあります

もう二度と会えぬと思いし無期刑の友に証言台で会えた喜び

君去りし証言台に残像のごとく置かれしわれらの時代

まっすぐに戦死の友を語る君メモとるわが手をぬらすひとこと

今日立春死ぬ権利なしと書き送る病い重たき無期刑の友

乳のみ児をかかげて君は前列に「生まれたのよ！」と芙蓉《ふよう》のように

青春のなつかしき友突然に傍聴席より白き手をふる

傍聴席静かに笑う友がいて長い歴史のたちのぼる朝

団交の敵と味方に分かれたる師と再会の獄の七月

沈黙に思いのたけを閉じこめて言問通りを護送車で行く

公判に向かう護送車荒川を越えて正面ふいの白富士

待乳《まっち》山《やま》ですれちがうバスそれぞれの物語のせ今日もまた行く

アルマーニのウィンドーに映る護送車にわが顔さがし銀ブラ気分

法廷の火照りと共に西銀座マロニエの花は夕闇の中に

銀杏舞う朝の銀座に一筋の飛行機雲見る護送車の中

公判の余韻も熱く戻る房にグラジオラスは濡れて届きぬ

身体ごと眼となりて新緑を貪るわれは護送車でいく

わが胸も雨

のみこんでのみこんでなおたち上がる弁解の波もてあましおり

君去りて蝶を一匹飲んだよう胃　胸　腸のざわめいており

「それならば考えがある」啖呵《たんか》きり去りたき思いのみこむ夕暮

気がつけば世界がどんどん狭くなり感情の海泳ぐわれあり

花蘇芳《はなずおう》　雨に燃えたつ獄庭にユーアーマイデスティニー静かに聴きし

五月雨《さみだれ》の日々続くまま入梅の暦となりぬわが胸も雨

梅雨《つゆ》寒《ざむ》の友の批判を断つようにチューリップの茎ポキンと折った

人生に折り合いつけずに来たことを君の言葉で嚙みしめる夜

九・一一この日のための彼岸花この日のための真っ青な空

感情をこらえる術《すべ》は独房でオレンジの実に爪たてかぐ

胸の奥へと螺旋状に降りていくしたたる悔いの在り処知りたし

思いきり三畳独居に四肢のばし世界の行方《ゆくえ》を予測するわれ

同情とやさしさにむせてわが胸の鬼の一匹行き場失う

採血に差し出す腕からいきおいよくわが実存のほとばしる朝

雪掻きの深き呼吸は冷たくて何だか君を許そうと思う

風騒ぐレイ・チャールズが死んだという I CAN'T STOP LOVING YOU

書くべきこと書きたいことをためらってただやわらかいみかんをむく夜

空と樹《き》を見つつ「生物だったね人間は」つぶやく友の平安が好き

ガラス戸に届く日射しに向きあって悲しみを飲み深呼吸する

指先でパレスチナの地図描いてみる怒りおさえるまじないのごとく

乳母車日傘傾け押した道白きバグダッド戦場と化す

パレスチナの友の生死を思う時　蛍を見たと姉の文あり

雨の日は静かに目をとじパノラマのバールベックに戻ろう今日は

一九九七年、重信は密かにベイルートを脱出し、日本に潜伏した。ソ連崩壊後、中東政治にもアメリカの影響力が及び、レバノンも安住の地ではなくなったからだ。彼女は、「国際テロ組織」日本赤軍のリーダーとして国際指名手配されていた。

二〇〇〇年十一月八日、彼女は大阪で逮捕された。容疑は、七四年九月、オランダのハーグにあるフランス大使館を占拠し、フランスに拘束されている仲間を奪還したことを共謀したとされている。しかし、彼女はこれにはかかわっていない。

東京地方裁判所一〇四号法廷、事件はここで審理されている（〇五年七月現在）。三十年前のオランダでの事件、しかも、PFLPの作戦であり、関係者の多くは、アラブの地にいるか、あるいは既に亡くなっている。その上、審理の対象は共謀である。いつ、どこで、誰と、何を話したか、これを確定するには、証人も本人も、あまりにも記憶は薄く、断片的だ。まるで、パズルの一片のような記憶の断片、不確かな漠とした情景、これらが拾い集められ、繋《つな》ぎ合わされ、真実とかけ離れた絵が描かれようとしている。

〇三年三月、重信のために、遠くパレスチナから、証人としてライラ・ハリドが駆けつけた。ライラは六八年から何度もハイジャック作戦に加わり、「ハイジャックの女王」と呼ばれたが、現在は、パレスチナ国民議会（わが国の国会に当たる）の議員である。彼女は、アラブでの重信を知る者として、威風堂々と重信の無罪を証言した。ライラは、パレスチナの人々と共に闘ってきた重信に、「罰ではなく褒賞を！」と裁判長に訴えた。実際、政治的背景のあったPFLPの作戦を、オランダやフランスは訴追していない。にもかかわらず、彼女が日本人という理由だけで、三十年後の今、日本国によって裁かれようとしている。

ライラは、証言後、急を告げるアラブに慌ただしく帰った。直後、アメリカのイラク空爆が始まった。重信は、私語の許されない法廷で「死なないで」と心の中で声をかけ、いつまでも変わらないパレスチナへの思いを彼女に託した。

法廷はまた、会いたい人たちとの明るい交流の場である。出・退廷のざわめきの中、傍聴人と手を振りあい、目で語りあう。三十年ぶりの友、恩師たちが、顔面一杯の笑みで重信を励ます。再会というにはあまりにも短く、あっけない。が、貴重な一瞬である。彼女はまだ限られた人との面会しか許されていない。

東京拘置所は東京の東のはずれ、荒川沿いにある。ここから裁判所に行くには、東京の下町を通り、銀座を抜けて行くことになる。普段は高速だが、時折、一般道を使う。荒川を渡り、白鬚橋を渡って隅田川に沿って言問通りを上り、上野から神田、大手門、祝田門から霞ヶ関への道である。この行き帰りだけが、彼女の外界の風景である。房は三畳ほどの独居房。この狭い空間で、重信は、感情の海を漂い、そして、遠くパレスチナを思い、わが国の有り様を思う。

土

地面踏む

独房に幻のごと流星雨降る夜なれば生きてと祈る

飛んでゆけ　こぼれし種子の吾《われ》亦《も》紅《こう》獄から放つ力の限り

地面踏む裸足《はだし》に触れる獄の秋　空の青さを思いきり吸う

台風の去りし青空　中天にレースのごとき月のかけらよ

干し終えた洗濯物のTシャツがひなたの秋をつれてもどりぬ

鉄格子の模様の影を浴びながら光とあそぶ秋の晴天

寒の空　飛行機雲のずんずんと白く描きし自由の軌跡

朝の陽の乱反射集め枯木立　光の花をわっと咲かせる

獄舎へとドーンと届く音のある運動会の幸せ遠く

湯船から片手のばして格子越し秋の落葉の一片拾う

たまさかの一番風呂に身をしずめ獄舎わすれて詩をくちずさむ

獄《ひとや》の庭冷えた地面に腰下ろし眼《まなこ》とじればベカー高原

青虫育つ

臨界を越えて来たるか紋白蝶ひそやかに死す獄庭の隅に

シェフレラの若葉次々喰いあらす尺取虫を二匹みつけし

黄のダリア葉脈となり一匹の青虫育つ独房の梅雨

初鳴きのみんみん蟬か耳鳴りか時間とまりし房のうつつか

雨あがり元気かと鳴くカナカナにハミング返す夏の独房

蚊をとらえそろそろ開けし手のひらに生命線の細き一筋

かげろうの静かに止まる獄窓に秋の夕陽はつるべ落としに

赤トンボ水平に飛びて誤爆降る空切り裂きしパレスチナ思う

滅灯の廊ひたひたと夜更けて巡る足音虫時雨《むししぐれ》止《や》む

指先に秋の陽浴びつつしかばねの蜂弔いてセーターはおる

運動房に野鳩の羽根のやわらかき一本拾いて世界に触れる

ふるさとの方位も知らぬ冬の蝶わが哀しみの胸にとどまれ

千切れた太陽

人生をダンボール十個に詰め込んで獄舎移りぬイラク戦の日に

運動房空も視界も遮った格子をぬけて春を呼ぶ風

かたばみやすかんぽニョキリとプランターに囚徒のわれら雑草が好き

時として密封パックの囚人はトマトをがぶりとかじりたくなり

空も樹も土も見えない獄だけどガラスをみがいて五月にしよう

閉ざされた房にみつけし風の道わが手づくりの風車《かざぐるま》まわす

荒川を渡るかすかな列車の音社会と私をつないでいる

季節なき独房の中で初雪のラジオの一言冬を伝える

もてあます憤怒を抱いて爪を噛み密封パックで酸素欠乏

携帯のかすかな音する運動房圏外に居るわれを自覚す

「自然から復讐されたか猛暑あり」姉の文よむ季節なき獄で

春一番とりのこされてわれ一人セーターを着て面会を待つ

鉄格子の数だけ千切れた太陽の光を浴びるわが初日の出

冬晴れの格子の光浴びながら無性にただただ走りたいだけ

芽キャベツにほうれん草といんげんの野菜が運ぶ独房の春

ざっくりと力まかせに夏柑をむけばトパアズ独房に春

座布団のへこみに

獄《ひとや》の夜天井の染み灰色の下界描きて悔いの数ほど

麦飯に穀象虫《こくぞうむし》の黒々と獄の食事に箸も止まりぬ

現身《うつしみ》は空蟬《うつせみ》のごと独房で世界の流れをじっと聞き入る

教練のような掛け声聞こえ来る彼岸の入りの東京拘置所

独房の唯一の居場所座布団のへこみに日々の重なりを知る

夜の獄女看守の巡回のあとに一瞬化粧の香あり

新聞を読みコーヒーを飲みながら獄に慣れゆくわれにいらだちつ

面会を終えて戻りし独房に冷えた煮魚寒ブリの膳

独房のたたみに落ちる格子影身体《からだ》を染める夕陽やわらか

インターは一人歌えばなおさらにさびしきものと独房で知る

指印押す我が左手の指先の黒色いつしか烙印となり

部屋検査摘発されて奪われしは期限の切れた雷おこし

鬼打ち豆叩くあてなき独房で一つ一つと思い出を食《は》む

配膳のハート型したチョコレート　パキッと割れば愛がこぼれる？

ちりとりにわが黒髪の幾条《いくすじ》か今日も変わらぬ朝の始まり

減灯下宇宙に一人独房で「銀河鉄道の夜」読む夜更け

夜の海に浮かぶがごとくゆるやかに浸る寒さよ独房の背に

重信は、警視庁での調べのあと、二〇〇一年四月、東京拘置所の旧女区に移監された。東京拘置所は〇三年三月に建て替えられ、現在は十二階建ての近代的な庁舎になっている。

移監前の旧女区は、男区とは建物も別で、面会に行くにも、高塀で区画された一画を、鍵で開けてもらわなければならなかった。建物は古く、暖房もなく、冬の寒さはさぞかしこたえたろうと思われる。しかし、ここには、手に触れられる自然があった。房の窓からは草木が見え、庭に来る猫、鳥、虫すらも彼らの友達になった。戸外の独居用の運動房（独居の人は運動も一人ずつする）は、国際基準の規定通りの最低限の広さしかなかったが、それでも、監視のしやすさのためではあるが、鋭角の扇状になっていて、直線距離があり、奥行きがあった。そこはどんなに狭くとも、屋外の空気があり、土があり、空があった。

新舎の自慢は、ハイテクを駆使した空調設備と警備体制である。確かに、冬の寒さ、夏の暑さはしのぎやすくなったのだろう。だがここは、一切外気から遮断されている。各房は高層にあり（女区は二階）、房はぐるりと回廊状の外廊下に囲まれ、外廊下の外壁は厚い磨りガラスで覆われ、上・下に各六段のルーバー（よろい格子）がはめ込まれている。外廊下に面した房の窓は透明のアクリル板で、両脇に十センチ幅の通気孔くらいの穴があいている。直接外を見ることはできない。せいぜい、回廊を隔てたルーバーの隙間から辛うじて空を覗くことができるだけであり、外気すら通気孔の穴からかすかに取り込むしかない。運動房も各階にあるため、土に触れることはもちろん、空さえも細かい網状の鉄格子越しにしか見ることができず、基本的に日も射さない。しかも、独居用の運動房は、矩形《くけい》である。まさに虫カゴ状であり、内周およそ十六メートルのところを、くるくるコマネズミのように走るしかない。私は彼らが移監される直前、東京三弁護士会の拘禁施設に関わる委員会として新舎を視察したが、そのあまりに管理を重視した構造・設計に暗澹《あんたん》たる気持ちになった。ここが、二十四時間、人間が生活する空間であるということ、しかも、ここから一歩も外に出ることを許されない拘束された人間が生活しているということの配慮が一切ないのである。ここには重信のように裁判に数年を要する者も、死を迎えざるをえない死刑囚もいるのである。

多くの収容者が、ここへの移監後、頭痛、耳鳴り等の体の不調を訴えた。自然からかくも遮断された空間は、収容者に精神的な不自由を強いているだけでなく、肉体的なダメージを与えている。

重信は、この閉ざされた空間にかすかな自然を見つけ、心を遊ばせる。ルーバーの隙間に見え隠れする月、プランターの中の雑草、運動房の格子越しの風に。精神の不自由は、順応し、感性を鈍《どん》麻《ま》させることによって克服することができるのだろう。ならば、これを拒否することが、自由へのせめてもの抵抗となる。

風

ひた走りしわれ

暮れなずむ日比谷野音をまっすぐにめざす頭上に藤の花揺れ

少しだけ意見のちがうそれだけで許し合えない若き日のあり

マロニエの道を下れば校舎よりビラかかえくる君にあえた日

羽田へと一気に駆けし高速のデモ天を突くあの日秋晴れ

地を揺らし線路踏み行くジグザグのデモに託した二十歳《はたち》の夢よ

御茶ノ水駅降りたてば水仙のかすかに匂う二月のバリケード

焼き芋のぬくもり抱いてバリケードへ戻る四つ角星が流れた

六・一五ぽとりと落つる夏椿その白さこそ樺美智子よ

青梅のひやりとする朝白き顔故郷へ帰ると友は語れり

くつひもを何度も結び躊躇した君のかすかな笑み忘れられず

ふりむけば孤立の道を青春の証のごとくひた走りしわれは

あのころは望むなら何者にでもなれると言った君の輝き

催涙ガス除けるレモンを噛みながら笑ったあなたは「連赤」で死す

雪の降る日に巡る思いはあの時になぜ我でなく君だったのか

「打倒せよ」と叫びし日々はこの国の勢いありて希望ありし頃

正座して強い目線でありがとうと別れを告げて照れて笑いぬ

白きシャツまくりてビラを刷りし君死に給う夏　蟬時雨降る

丸き肩して

半世紀を込めし面会十五分母みつめつつとりとめもなく

わがために辛苦を受けし母なれど母ゆえにこそそれを語らず

母と会う取り調べ室若き日に娘の味方する丸き肩して

杖に頼り八十五歳の母来たるガラス越しにも手を重ね合う

福助の足袋《たび》買いしわれ七歳の夜道を帰る母の日ありし

ランドセルまにあわなかった入学式泣きそうだったのは私でなく母

「パンジーのえんじと黄色が咲きました」冬の獄から母への便り

獄舎より誕生祝いの母への文描けるかぎりの花束を描く

祖国発つ朝にかけたる赤電話おだやかな父の声きこえる

世界中敵になってもお前には我々が居ると父の文あり

まっとうに生きてきた自負何よりも告げたき父はコスモスが好き

沈黙の父のうなじに金木犀《きんもくせい》いさめたきこと呑んでいたのか

今さらに黙して語らぬ道ありと父の背後の闇を知るわれは

命日に父を偲べばどこからかきこえてきそう「異国の丘に」

哀しみと自信も失せたあの時に父の挫折を遠く思いし

父を語るわれの思い出すこしだけ理想化してると姉は語りぬ

獄窓の秋空見れば甦る父のハモニカ「チゴイネルワイゼン」

散る銀杏踏みしめていく風呂帰り父と私の長い影二つ

柊《ひいらぎ》を風車《かざぐるま》のごと吹きながら節分を待つ幼き日のあり

叱られて強情っぱりの右手には紫陽花《あじさい》きつく握られており

ボロ市の喧騒が好きあの頃の傷痍《しょうい》軍人思い出す夜

花御《はなみ》堂《どう》つまさき立ちて甘茶かけし春爛《らん》漫《まん》の桜降る寺

もう一度よんでみてよと姉の便り「君死にたまふことなかれ」の文字

一直線に駆けて抱きつく君の笑み乳歯そろいしあの頃が好き

風に乗り踊る君の背きらきらと天使の羽の生まれくる時

逆光に光るうぶ毛が踊るよう笑いころげた君のまぶしさ

吾子《あこ》の笑む面会室に夕陽射しクルド問題語る十分

細縞《ほそじま》のワイシャツの衿ピンと立てパレスチナ語る吾子《あこ》は輝く

ありがとうもう一度言いたかった二〇〇五年三月一五日母死す

夕間暮母の死かみしめ獄舎から二センチ幅の空みあげおり

獄舎にて「気を落とさないで」と声かける刑務官の居る東京拘置所

はこべらとクローバ覆う世田谷の土手にたたずむ母の夢みる

散り梅の広がる足下みつめつつひとりひそかに母を弔う

哀しみは自由自在に広がって胎児のごとく母によりそう

この花ゆえに

たちまちに萌黄《もえぎ》に朱さし桜木のかすかに割れて白こぼれ出る

花満ちて語る人なし月満ちて列車の音の近づきて去る

春嵐雨降りてなお花満ちて自ら時を選びて散るらし

夜桜のしじまの時の激しさよ獄で逝きし人々のこと

風に舞う桜吹雪のひとひらの房に届きて春に触れたり

獄の庭高き古木の桜花処刑のごとく切られたという

雨上がりかやつり草の葉に留まる表面張力揺れて勾玉《まがたま》

日向いにチューリップ伸び細き首少し不安な曇のち雨

芍薬《しゃくやく》の張りつめし美の絶頂にそっとさわればぱらりと砕け

雨を吸い紫陽花色の濃さを増すこの花ゆえに六月が好き

独房に活けし鶏頭《けいとう》立ち枯れて水面に黒々種残しおり

独房の闇なき夜の壁際に光源のごとカサブランカ咲く

ルーバーのすきまの遠き一群は黄あざやかなあわだちそうの花

重力に敗けずに天に向きのぼる台風一過のコスモスが好き

晴れた日はあなたを友と決めたからコスモスを見に行こうじゃないか

絶望がぶらさがるようにだらしなくアイビー冬にずんずん伸びる

冬越えの獄のかたすみのローズマリー固き葉ふれれば地中海の匂い

わが胸の哀しみの色映しおり冬白菊のはかなき姿

雪降る日　白胡蝶蘭《こちょうらん》差し入れの白鳥のごと独房に舞う

紅梅の固き蕾の鉢置かれ華やぐ春降る獄の片隅

空笑うあゝ何という春の晴れピースウォークの花咲くごとく

一九六〇年代後半から七〇年代初頭、世界は変革の嵐が吹き荒れていた。ベトナム、ラテンアメリカ、パレスチナ等々、世界中で民族の解放を願う人々が闘い、先進国の学生たちはこれに呼応し、それぞれの国で、体制と闘った。時にそれは激しく、自然発生的なゲバルト（暴力）を生んだ。六〇年六月、国会議事堂前で、東大生樺《かんば》美智子が、「安保粉砕」を叫ぶ十万のデモを規制する警官の暴力に命を奪われた。六七年十月八日、ベトナム戦争に反対し、佐藤首相のベトナム訪問を阻止しようと数万の学生が羽田を目指して機動隊と衝突、京大生山崎博昭が命を落とした。日米安保同盟とアメリカのベトナム侵略、これは、この時代の多くの学生にとって無視し得ないものだった。彼らは、日本がベトナム戦争の前線基地となることを実力で阻止しようとした。大学は運動の拠点となり、全国の多くの大学が学生たちによってバリケード封鎖された。学生たちは、大学を「学問の府」ではなく、「変革の砦」とした。そしてひとときの「解放区」に多くの学生が青春をかけた。六九年一月、東大安田講堂に立てこもった学生は機動隊に排除され、以降、大学に次々と機動隊が導入され、学生たちは学内から閉め出された。

ラディカル（根源的）であることに大きな意味のあった時代であった。重信はこの時代を、直線的に生きた。そして、これは一人重信だけではなかった。多くの若者が、真剣に変革を求め、これを押さえ込もうとする政府との攻防の中、若者たちの武器は、火炎瓶から爆弾、銃へとエスカレートした。彼らは、銃砲店から銃を奪い、山にこもり、七二年一月、銃を武器とすることに精神的に自滅する如く、十二名もの仲間を死に至らしめ、二月、あさま山荘で警官と銃撃戦の末に逮捕される。連合赤軍事件である。

重信は、自らを送り出した「赤軍派」が瓦解し、「総括」の名の下に、親友遠山美枝子が山岳で殺されたことを、アラブで知る。奥平剛士は、仲間の死に打ちのめされながら、自らの死によって日本の仲間に訴えたいことがあったのか、死に急ぐかのように、その年の五月、リッダ闘争に命をかけた。その結果、彼らはアラブ社会に英雄として受け入れられた。しかし、日本では、これもまた、巨大な暴力としか映らなかった。若者たちは、自らが生み出してしまったものに戸惑い絶望し、日本での運動は急速に終焉する。

疾風怒濤のごとく時代を駆け抜けようとする若者、これは若き日の重信の父もそうだったのかもしれない。彼は、戦前、民族を愛する者として日本のあり方を真剣に考え、民族主義運動に関わった。重信は、幼い頃から、父と多くのことを語り合ってきた。民族と世界の調和が彼らの共通のテーマだったのだろうか。

重信の家族は、昭和の原風景そのものである。自然をこよなく愛し、精神と主義と絆《きずな》を重んじ、物質的充足を第一としない。そこには凛とした佇《たたず》まいがある。その家族に、パレスチナ人を父に持つ、重信の子どもが加わった。日本とパレスチナ、重信が半生をかけて築こうとした世界が、今、彼らの家族の営みの中にある。

I am with you,
Palestinian!
forever!!
Fusako S.
2002. 9. 28

THE DAY FOR SECOND POPULAR UPRISING.

あとがきにかえて

重信が、私に初めて短歌を送ってきたのは、まだ警視庁の留置場にいる頃の二〇〇一年四月、父の命日に墓前にと、家族に託されたときだったと思う。

ねがはくは花のしたにて春死なむ　そのきさらぎの望月の頃

西行の歌に桜の花びらを散らし、ステキな絵手紙に仕上げていた。なんだか妙に照れた。こんな粋なことをする友達も、もちろん被告人も、初めてだった。同世代としてのシンパシーを漠然と感じていたが、もしかして違ったかもしれない。私たち全共闘世代は、こんなふうに歌を諳《そら》んじ、亡き父に捧げる、ということはきっとしないし、したくてもできない。百人一首など古典を諳んじ、これに気持ちを託す、あるいは自作の歌に気持ちを込めて送る、などということは、暗唱を大事にし、礼節を重んじた一昔前の教育をしっかり身につけていなければできないのではないか、と自身の欠落は教育のせいだと思いたい。そういえば、リッダで亡くなった奥平剛士も、漢詩をよく諳んじていたという。彼は、生きて帰らぬ闘いへの決意を、三国志「桃園の誓い」に託した。姓は異にすれど兄弟の契りを交わし、心を一つにして困難にある者を救い、同年同月に生まれることはあたわずとも、願わくは同年同月に死せん……と。

そして、両親に思いを書き遺した。

——思う通り、わがままいっぱいにさせていただきましたこと、お礼の言いようもありません。ついに孝養のこの字もさせていただくひまがありませんでしたが、もしも任務が許すならば、いつも第一にそれをしたいと思い続けていた事は、わかって下さい。我々兵士にとって死はごく当然の日常事ですが、ただお二人が嘆かれるだろうこと、それだけが今僕の心を悲しませます。ベトナムで今死んでいく数千の若い兵士、こちらで、又世界の至る所で、革命のために死のうとしている若い兵士たち、僕らもその一人だし、あなたがたも彼らのために泣いている何千何万の父や母の一人であること、こうした我々の血と涙だけが何か価値のある物を、作り出すであろう事をいつもおぼえていて下さい。

ローマの空は明るく、風は甘いです。町は光にあふれています。少年時よみふけった、プリュータークの思い出が町の至る所で、僕を熱くさせます。仕事がすみしだいお二人のもとに帰ります。

（一九七二年五月二十九日）

時代の先端を突っ走り、異国にまで行って闘いに命をかけた者たちの、この古色蒼然たる礼儀正しさに、当初、正直のところ戸惑った。しかし、先鋭であればあるほど、古典として歌い継がれてきたものの中にある抽象性を共有し、他者への愛が普遍的であればあるほど、礼節として培われてきたものに流れる普遍性と共通するところがあるのかもしれない。

奥平剛士の母は、〇四年二月に亡くなられたが、親族の方にお会いしたときに聞いた話である。剛士の遺髪が外務省の役人を通じて届けられた日のこと、連日の過労でうたた寝をしていると、裏の木戸がバタンと音をたて、確かに、誰かが入ってきた。誰かと思ったら子どもの頃の剛士がいつものようにキュッとしめたベルトに手をかけて、うつむいて立っていた。きっと全身を蜂の巣のように撃たれて死んだ息子は、子どもの頃の体でなければ帰って来られなかったんだと。そんな母は、やはり遺書に「多くの非難の中で過ごして参りましたが、やがて歴史が解決してくれます日もまいりましょう」と書き遺しているという。

重信の父もまた、子を責めることはなかった。重信の姉は、重信の留守の間の家族の様子を、妹に書き送っている。

——お父さんは、あなたを理解し、守ろうとする姿勢だけは一生変わりませんでした。マスコミにたたかれても、脅しや嫌がらせの電話があっても、「申し訳ない」とは決して言いませんでした。

「二十歳を過ぎた娘が自分の考えで行動していることを親がいちいち謝らんといかんのでしょうか。それは娘に対しても失礼です」

「死んで詫びろ」といってきた電話に、お父さんが静かに答えていた言葉です。

知っていましたか？　あさま山荘以後、家族ことに親にたいする風当たり、責任を問う声が渦巻いていた頃のことを—中略—世間の非難が強ければ強いだけお父さんは毅然としていて、今となれば、あなたを案じ守るために、自分に出来ることはこの方法しかないと思っていたのだと思います。もしあの時、フラッシュの中で、畳に手をついて詫びるお父さんの姿を見なければならないとしたら、私たち家族の気持ちはきっともとにもどれないくらい傷ついたでしょうし、あなたに向ける気持ちはもっと複雑なものになっていたでしょう。

（二〇〇二年六月二十日　姉の手紙より）

父の毅然とした愛が、遠くアラブの重信を支え続けた。

そして、重信は、自らが父ら家族に守られたように、アラブで、リーダーとしてメンバーを守り続けようとした。

重信がアラブにあった一九七一年からの四半世紀、ここは、世界の火薬庫といわれ、戦火にあるか、戦争の緊張のただ中にあった。そのような中で、重信たちは、大きな家族を営み、家族的結束と雰囲気を作り上げ、メンバーはこの家族的団結の中で相互に助け合ってきた。彼らは、重信の子をはじめとしメンバーの子ども三人を実の兄弟姉妹のように育て、全員が父となり母となって養育した。また、八五年からは、イスラエルとの戦時捕虜交換によって釈放された岡本公三も加わり、イスラエル当局の虐待により精神を病んでいた彼を、介護し続けた。重信たちは、彼を家族として迎え、家族的雰囲気の中で静養できるよう、心を砕いていたのである。

アラブの地に、日本の家族、確かに昭和四十年代のあの頃にはまだこうだったかもしれない家族の営みが、はっきりと形になって生き残った。

私は、〇一年正月、ベイルートを訪ねた。重信らの子どもたちに会うためだったが、レバノン亡命を認められた岡本らの生活の一端を見ることになった。彼らは玄関に干支《えと》の飾りを置き、書き初めをし、鏡割りをし、少し薄目だったけど、ちゃんとお汁粉まで作ってくれた。重信の逮捕後、大阪の部屋を片づけたとき、まず驚いたことは、ホオズキと大量のお手製の梅干しとベランダに干してあった銀杏《ぎんなん》である。それらは、その季節にやるべきことを、きちんと営んでいたことの証である。

しかも彼らの生活は決して平時だけではない。空から爆弾が降る中、戦車が街中に迫る中、彼らは子どもたちの安全をまずは確保しつつ、パレスチナの仲間とともに闘った。彼らは常に大家族を維持しえていたわけではなく、離散と集合を繰り返した。

彼らの悩みは、三人の子どもたちが無国籍だったことだ。国際指名手配されている彼らは、日本大使館に出生届を出すことができず、またパレスチナは、未だ国家として樹立していない。パレスチナ人を父に持つ重信の子はもちろんのこと、彼らはもしパレスチナが国として成立したら、いち早く名誉市民として迎え入れられたに違いない。しかし、ラビン首相とアラファト議長との歴史的和解からもう十年以上、国家樹立の約束は反故《ほご》にされ続けている。彼らはなんとかして子どもたちのアイデンティティを確保しなければならなかった。重信は自身が日本で逮捕され、ベイルートにいる子どもたちの身が必ずしも安全でないことを案じた。私は急ぎ彼らを日本へ連れてくることを依頼された。

ベイルートで初めて重信の子と会ったとき、彼女は二十八年前のベイルート市内での出生証明書を持ってきた。本来だったら、とっくに日本大使館に提出されていなければならない、既に古紙の類の証明書を、彼女は小さく折りたたんで大切に持っていたのだ。小さい頃から、とっても大切なものだからどんなことがあっても失くさないように、と言い聞かされてきたと言う。戦火と動乱の中、家族とバラバラになって他国にまで逃げ延びなければならなかった彼女が、一枚の紙を守り抜いてきたことは、驚異的なことだった。この証明書によって彼女は母の国—日本の国籍を取得できた。問題は、彼女のベイルートからの出国である。彼女は、イスラエルに真っ向から闘いを挑んだ日本赤軍のリーダーの娘であることを極秘にし、日本人の子であることも覚《さと》られないように生きてきていた。それはベイルート市内に潜伏している、イスラエルの秘密警察モサドから身を護るための、生きるための最低限の術であった。

彼女は正式に発行された某国のアイデンティティを持ち、決して違法に生活していたわけではない。日本赤軍を擁護する国が彼らを政治的に保護していたのである。しかしそれさえも、アラブの政治力学で不安定になりかねなかったのだ。私は、彼女のレバノンからの出国許可を当局と交渉する過程で、はじめて、アラブの複雑な政治力学をみたと思った。アラブの大義を重んじ、日本赤軍に関わるものを擁護し続けたいとする立場と、大国アメリカの意向を窺《うかが》い、彼らを切り捨てざるを得ないとする立場とが、微妙に揺れていた。その中で生きることは、さじ加減や振り子の振れ方を気にしながら生きなければならないことを意味する。彼らはこの緊張した世界に生きてきたのだ。

ところが彼らは決して暗くない。彼らはしっかりと、仲間とともに陽気に生活をエンジョイしてきた。ベイルートはとても不思議で面白い街だった。イスラム圏とキリスト教圏が街を二分し、目抜き通りでは、スカーフで髪を隠した女性が高級ブティック街を行き交い、フェニキアやローマの遺跡は明るく、海岸沿いのテラスでは地中海に沈む夕日を眺めながら、甘い香りの水パイプを楽しむ人がいる。岡本公三と街に出れば、人懐っこいアラブの人が、リッダの英雄に握手を求め、気軽に声をかけてくる。難民キャンプは貧しくともある種の風格があり、子どもたちは明るく、逆境に負けない矜持のようなものさえ持っていた。重信はこの街で四半世紀を過ごし、アラブの人々の、そんな悠久で楽天的な人生の過ぎ来し方も習ったに違いない。重信の子らが日本へ送った大きなボストンバッグには、子どもの頃からのそんな楽しい思い出の品がいっぱい詰まっていたのだから。

九七年、ベイルートでの岡本公三を含む五人のメンバーの逮捕は、アメリカの影響が中東にも及んできたことを意味する。冷戦構造崩壊後、アラブの国々も世界を制覇したアメリカの意向を無視し得なくなったのだ。かつて、ともに闘ったアラブの仲間は、野にある人もいれば、国の責任ある地位にいる人もいる。彼らは、生き延びるためにそれぞれの立場を選択せざるを得ない。しかし、重信は決してその変節を責めない。それもまたアラブの人々の選択であると支持する。また、仲間が警察や検事の取り調べで事実と異なることを供述し、これによって歪められた事実のために罪に問われかねないことに対しても、なじりたい気持ちになるだろうに、彼らの過酷な立場にあったことを思いやる。

姉はそんな重信を、「あなたは父の子」と書き送る。

——あなたのそんな言葉を聞くと、やっぱりあなたは、お父さんの子だと思います。お父さんは「君子は器ならず」という言葉で、変節をせめてはいけないと、昔私に話してくれたことがあります。間違いに気づいて方向転換することや、やむを得ない理由で変節することは決して恥ずかしいことではないという意味だったと思います。主義主張を貫くよりも家族を守ることを選んだお父さんの苦い実感から来た言葉かもしれませんが、言ってみれば、他の人の立場に常に自分を置き換えて考える柔軟性を持ちなさいということだったかもしれません。思えばお父さんは私たちに、お子様割引なしの深い話をしてくれたものだと思います。

（二〇〇二年六月十八日　姉の手紙より）

時代が大きく変わるとき、個人はその流れに翻弄され、個人の思いは無視され、事実すら捩《ね》じ曲げられることがある。そんなとき、守らなければならないものは何なのか、主義か、思想か、矜持《きょうじ》か、あるいは家族や仲間への情愛か。〇一年四月、日本赤軍はその時代的使命を終焉したとして解散した。ただし、刑事責任はともかくとして、その名によってなされたことの社会的・政治的責任が消えるわけではない。

重信の帰国後の偽りの名義による生活は、多くの人に多大な迷惑をかけた。彼女を匿《かくま》った者は逮捕され、断罪されて身分も仕事も奪われ、名義を冒用された人も仲間と疑われ、徹底的に調べられた。重信はこれに真摯に謝罪したが、彼らの被害が、社会的名誉を含めて回復されるまで、その責めから逃れることはできない。しかも〇一年九月十一日のアメリカ同時多発テロ以降、社会的制裁はますます強くなっている。自分はどのように責任を果たすべきか、重信は自身に問い続けている。

重信は、裁判が始まってから、最初はポッポッと自作の歌を送ってきた。若い頃から詩を書くことは好きだったが、短歌は初めてだという。〇二年春、彼女がまだ東京拘置所の旧女区にいた頃、房の目の前に大きな桜の木があった。彼女は、桜を毎日、花守のように愛《め》で、刻一刻と変化する様を、〝桜ダイアリー〟として歌にした。そして、桜の花の絵を添えて小さな歌集にし、これを送ってきたのである。ホッチキスもなく、のり付けも自由にできない獄中で、こんな工夫で小さな冊子ができることに私は驚かされた。以降、毎日毎日、歌を作り続け、月に二回〝短歌ダイアリー〟として送ってきた。その数は、〇五年三月三十一日までに三千五百四十八首に及んでいる。

これはまさに重信の日記である。日々の出来事、哀切、憤怒、悔恨等さまざまに交錯する思い、セピア色の、あるいはパステルカラーのような色とりどりの思い出、家族や仲間への思い、パレスチナへの思い、懐かしい人々との再会、獄中の小さな自然、裁判所への行き帰りに見かける街の風景等々、実にさまざまな情景、感情を歌に乗せて送ってくる。その中から私は自分が好きなものを二百五十七首選んだ。かなりの数を占めるイデオロギー的なものは意識的に避け、彼女の人となりが分かるものを選んだ。そして、関連がありそうなものを振り分け、節ごとに象徴的な言葉を歌から抜き出し、章ごとにその時代を通底する一字を歌から選んだ。

重信は、人様に読んでもらえるような歌ではないと、歌集として発表することをためらい、私もまた全くの門外漢である。きっと、歌として未熟なものも多々あることだろう。しかし、ここには、どこか懐かしい風景があり、遠いアラブでの日々、人々、生活がある。私は、この歌集を通じ、

「テロリスト」と呼ばれた一人の女性が、今何を考え、何をしてきたのか、その人生全体を知ってもらえたらと思う。そこには、私たちが昭和という時代に置き去りにした日本の生活があり、また、知らなければならない世界の現実があるように思うからである。

本書は、幻冬舎社長見城徹氏、歌の心得のある友人佐原啓子さんの協力がなかったら、到底、形にならなかった。見城氏には同時代人としての心強い理解と応援をいただき、佐原さんには選歌を含め多くのご教示をいただいた。また、装丁家の幅雅臣氏にはこちらのイメージを丁寧に形にしていただいた。この場をかりて心から感謝を述べさせていただきたいと思う。

二〇〇五年七月七日

大谷恭子（弁護士）

［協力］　四谷共同法律事務所

「ジャスミンを銃口に」重信房子歌集
2005年7月25日　第1刷発行
2022年5月30日　第2刷発行

著　者　重信房子
発行者　見城 徹

発行所　株式会社 幻冬舎
〒151-0051 東京都渋谷区千駄ヶ谷4-9-7

電話:03(5411)6211(編集)
03(5411)6222(営業)
振替:00120-8-767643
印刷・製本所:中央精版印刷株式会社

検印廃止

Printed in Japan
ISBN4-344-01015-9 C0092
幻冬舎ホームページアドレス　https://www.gentosha.co.jp/

この本に関するご意見・ご感想をメールでお寄せいただく場合は、
comment@gentosha.co.jpまで。